LES DUPES,

OV

RIEN N'EST DIFFICILE

EN AMOUR.

LES DUPES,

OU

RIEN N'EST DIFFICILE

EN AMOUR.

PIÉCE PANTOMIME

Composée par le Sr de MAINBRAY,
de Londres.

ET Représentée pour la premiere fois sur
le Théatre du sieur Restier & Veuve
de la Vigne, à la Foire S. Germain
le 3 Fevrier 1740.

A PARIS;

M. D. C. C. XL.

AVEC APPROBATION.

AVERTISSEMENT.

JE n'aurois jamais osé faire imprimer l'explication de cette Pantomime, sans les ordres des Seigneurs qui l'ont honoré de leur présence. L'applaudissement des Spectateurs en sera peut-être diminué, en remarquant que le principal objet de sa réüssite, est fondé sur le merite des Acteurs, mes confreres ; Etranger au goût, mais prévenu, & presentement convaincu que la seule intention d'amuser, est suffisante pour s'attirer la bienveillance des Citoyens de la premiere Ville du monde ; j'en marquerai ma reconnoissance durant le reste de la Foire, en employant mes foibles talens. Trop heureux s'ils peuvent contribuer au divertissement d'uneNation dont j'ai toujours eû l'ambition d'être

Le très-Humble &
très-Obeissant
Serviteur.

signé MAINBRAY.

ACTEURS.

ARLEQUIN \
SYLVIO, } Amans de Colombine. *le sieur De la Tour; / le sieur du Broc; le Cadet*

M. de la BOUTADE, Partisan de Sylvio *le sieur Nicolini*

COLOMBINE, sa Fille amoureuse d'Arlequin, *Mlle. Oploo.*

PIERROT, Valet de M. de la Boutade;

Une Suivante de Colombine, *Mlle. Reftier;*

Un Portefaix, *le sieur Guittard.*

UN RIDEAU
DE RUE.

La porte du Théâtre servira pour la porte de la maison de Monsieur de la Boutade.

I. Air.

MOnsieur de la Boutade entre tenant sa Fille sous le bras discourans ensemble, comme se retirans chez eux, il frappe à sa porte, on l'ouvre.

Arlequin survient qui les voyant, dit aux Spectateurs que l'occasion est belle de demander Colombine en mariage, & accostant le Pere très poliment, lui fait la demande de sa Fille.

Le Pere le brusque & lui refuse absolument sa Fille, qui de son côté supplie son Pere d'être touché de sa flâmme ; il l'a brusque pareillement & s'éforçant pour se délivrer de leur importunité, Arlequin le retient par le manteau & se jette à ses pieds.

Colombine toute éplorée en fait de même.

Cependant le Pere sans se laisser atten-

A

drir, paroît encore plus irrité par la réfis-
tance de fa Fille & la relevant, boufit de
colere, il l'a poufſe rudement dans fa
maifon fermant la porte après lui , dans
l'inſtant qu'Arlequin vouloit derriere lui,
donner une Lettre à Colombine ; mais
en étant ainfi empêché, Arlequin reſte en-
feveli dans la triſteſſe fur le Théâtre.

Sur ces entrefaites Pierrot arrive comme faifant fes adieux à quelques amis qui
l'avoient retenu & paſſe devant Arlequin
fans l'apperçevoir, & frappe à la porte de
la maifon de fon maître, on ouvre la
porte.

Arlequin accoſte Pierrot lui demande
comment il fe porte , en lui tendant la
main , Pierrot tout refrogné lui dit qu'il
va vacquer à fes affaires & de fa manche
lui applique un foufflet.

Arlequin ne fe démonte pas pour cela ,
mais comme il fe retire, il le retient encore
& lui faifant la révérence, le prie très inf-
tamment de le laiſſer entrer avec lui.

Pierrot le prend par le bras & lui fait
faire une pirouette jufqu'à l'autre bout du
Théâtre.

En faifant cette pirouette Arlequin
tient une piéce de fix francs à la main.

Pierrot qui rioit à gorge déployée de
lui voir faire tour fur tour , voyant ce-

pendant l'écu qu'il tient en sa main, à son tour lui fait la réverence, Arlequin la lui rend & d'une main lui montrant l'argent, de l'autre lui montre l'argent alternativement.

Pierrot qui réve un peu secoüe la tête étant très tenté par l'appas du gain, & à chaque fois qu'Arlequin lui tend l'argent il va pour le prendre, mais Arlequin retirant sa main lui offre la Lettre.

Pierrot à qui ce petit manêge ne convient pas, va pour rentrer dans la maison & tend la main par derriere comme pour recevoir l'argent.

Arlequin lui met l'écu à la main.

Pierrot le prend, s'en frotte les yeux, examine s'il est bon avec les dents le fait sonner sur la terre & le met à la poche, & tout joyeux se retournant leve ses bras pour embrasser Arlequin, qui lui passe dessous le bras, mais est retenu par Pierrot qui le prenant par le bras lui fait faire un grand saut en arriere, & puis lui souhaitant le bon jour, va pour rentrer chez lui.

Arlequin le retient encore une fois, & lui dit qu'il oublie la Lettre.

Pierrot la prend & avec un grand sang froid, lui demande si elle est pour son Maître & qu'il va la lui donner. Arlequin

lui dit qu'il s'en garde bien , mais qu'elle
est pour Colombine. Pierrot lui promet
tout ce qu'il veut sur ce compte , mais en
se retirant fait signe aux Spectateurs qu'il
en sera la dupe ; & quand il est rentré &
qu'il tient la porte à la main , il lui jette
la Lettre au milieu du Théâtre & se moc-
que de lui , Arlequin courant pour l'ar-
rêter , Pierrot lui ferme la porte au nez ,
& pense le jetter à la renverse par le con-
tre-coup de la porte.

Arlequin reste seul sur le Théâtre abî-
mé de chagrin & au désespoir de l'affront
que Pierrot lui a fait.

I I. A I R.

Sylvio survient, qui passe devant Arlequin lui hochant la tête d'un air de mé-
pris & frappe à la porte.

Pierrot ouvre la porte , & croyant que
c'étoit Arlequin , d'un manche à balet
qu'il a à la main , pense assommer Sylvio,
qui est très-étonné de ce procedé & menace Pierrot des étrivieres.

Pierrot étourdi de sa beveuë lui fait
mille excuse & lui raconte la raison de sa
bévuë , lui montre Arlequin qui s'étoit
retiré à la clantonade pour les épier.

Sylvio ordonne à Pierrot de rentrer dire
à son Maître qu'il est-là , Pierrot rentre,
& Arlequin s'avançant Sylvio le menace,

desorte qu'il se retire encore à la Cantonade.

Pierrot revient avec M. de la Boutade & sa fille Colombine.

La Boutade & Sylvio s'embrassent & prenant Colombine par la main la présente à Sylvio, qui s'avançant pour la saluer & l'embrasser, elle lui donne un soufflet bien appliqué & rentre.

Sylvio est très accablé par cet insulte, & le Pere outré du procedé de sa Fille lui demande mille pardons, & le fait entrer chez-lui, se tenant bras dessus, bras dessous.

Dans le tems qu'Arlequin avoit vû Colombine rentrée sur le Théâtre, il s'étoit avancé pour l'accoster, mais Pierrot l'en avoit chassé en le menaçant, & ils étoient tous deux rentrés à l'aîle.

Pierrot revient tout bouffi de son courage, disant aux Spectateurs qu'il a donné la belle peur à Arlequin. Arlequin revient aussi, sans qu'il s'en apperçoive & lui mettant se batte à côté du visage, Pierrot dit qu'il va l'attraper.

Arlequin lui fait faire un tour entier, lui tournant sa batte sur le visage à mesure qu'il se tourne aussi, & quand Pierrot se trouve le dos tourné, & le visage vers la porte.

Arlequin lui donne un coup de batte sur le dos, & comme Pierrot se tourne pour l'attraper.

Arlequin court dans la maison.

Pierrot qui croît qu'Arlequin est sorti de l'autre côté, va à la Cantonade pour voir s'il y est encore, il revient sur ses pas, se retournant plusieurs fois pour voir si Arlequin ne le suit pas.

III. Air.

Une Table placée au milieu du Théâtre.

Arlequin, Colombine & sa Suivante sont dans la chambre badinans ensemble. Arlequin raconte à Colombine la façon dont il est entré dans la maison de son Pere; & lui montrant sa batte lui dit qu'il peut tout faire par son moyen.

Colombine lui dit qu'elle voudroit s'asseoir, la dessus Arlequin frappe la Table & il en part trois chaises, ils s'asseyent.

Colombine dit à Arlequin qu'elle a faim, il frappe la table qui est couverte dans l'instant d'une collation; après avoir mangé Colombine demande à boire, Arlequin frape la trape de sa batte, & un Nain en Négre, monte avec une bouteille & un verre à la main, Arlequin lui prend le verre & la bouteille & en verse à boire, après qu'ils ont bû.

Arlequin allant pour embrasser Colom-

biné, elle lui dit que le Negre pourroit
en babiller, & que fa prefence lui eſt de
trop.

Arlequin frape la tête du Negre qui fe
change en Buffet fur lequel il pofe le verre & la bouteille,

Dans ce moment la Suivante de Colombine dit qu'elle voit Pierrot venir de
ce côté.

Ils fe levent, & Arlequin enchante la
Table & le Buffet, ils fortent.

IV. AIR.

Comme ils fortent, Pierrot furvient,
qui les voit, & va pour les pourfuivre.
Mais il eſt arrêté par l'appas des mets fur
la Table, dont il eſt très-content; il s'af-
feoit, & comme il va manger, le couvert
difparoît, & la Table demeure vuide. A
fa grande furprife, fâché de fe voir ainſi
fruſtré, il fe leve pour s'emparer de la Bouteille; dans cet inſtant le Buffet difparoît
& par là fe voyant doublement dupé, il fe
retire très-mortifié de la perte d'un bon
repas.

RUE.

V. AIR.

Arlequin & Colombine fortent gaye-
mént de la maifon de fon Pere, fe mocquant de lui & de Pierrot & traverfent le
Theátre.

M. de la Boutade & son gendre prétendu Sylvio, sortent discourans ensemble.

Pierrot survient qui interrompt leur conversation en les séparant, & leur racontant la derniere Scene, M. de la Boutade est très-irrité à ce récit & Sylvio paroît pis qu'enragé. M. de la Boutade dit à Sylvio quil faut les aller chercher, & sort le premier à leur poursuite; Sylvio les suit à grands pas menaçans.

Et Pierrot le contrefait se mocquant de lui, mais chaque fois que Sylvio se retourne, Pierrot prend un air serieux.

Un Treillis contre une muraille.

Arlequin & Colombine sont découverterts badinans ensemble & ceuillans du fruit.

Pierrot entre, qui, les voyant, se cache le visage & se retire dans le moment, se racourcissant le plus qu'il peut pour n'être pas vû.

Arlequin & Colombine l'apperçoivent, & se cachent derriere le Treillis.

Sylvio & Pierrot arrivent en courant sur le Theâtre, mais Sylvio demandant à Pierrot où il les avoit vû. Pierrot lui montre le Treillis, & dit à Sylvio que c'étoit positivement dans cet endroit là & s'approchant du Treillis.

Ils font renfermés dans deux poteaux,
& le Treillis fe change en BOUTIQUE
d'EPICIER.

Arlequin & Colombine en fortent, Arlequin jette un grand pain de fucre dans
celui où eft Pierrot & s'en vont.

Pierrot, qui fe fent bleffé par le pain
de fucre, crie de toute fa force au fecoprs,
& Sylvio en fait de même.

M. de la Boutade entre, qui écoute &
cherchant de tous côtés, tant dans la
Boutique que dehors, pour découvrir d'où
partent les voix.

Il s'approche du Poteau & entendant
qu'elles partent de-là, il en fait fortir
Pierrot, qui eft très-joyeux de fe voir en
liberté, & comme lui & M. de la Boutade voulant s'en aller, Sylvio crie auffi au
fecours.

Ils écoutent quelque tems & décou-
vrant qu'il eft dans l'autre Poteau ; ils
l'en délivrent auffi, & comme ils s'en
vont très-mortifiés de cette avanture.

VI AIR.

Arlequin & Colombine rentrent badinans enfemble, Pierrot fon Maître & Sylvio les rencontrans face à face.

Le Pere courant pour fe faifir d'Arlequin, ayant les bras ouverts pour l'em-
braffer, Arlequin lui paffe deffous les bras,

& M. de la Boutade ayant pris un trop grand élas tombe plat fur fon vifage. Mais Pierrot fe faifit d'Arlequin qui , fe jettant fur fon féant , le jette par deffus fa tête & s'enfuit.

Dans ce tems-là Sylvio s'étoit faifi de Colombine & la tenant bien ferrée, l'empêche de fuivre fon cher Arlequin.

Pierrot fe releve & aide à fon Maître à fe relever qui fe plaignant beaucoup, M. de la Boutade fait de grands reproches à Colombine & fort le premier , Sylvio tenant Colombine fous le bras le fuit de très-mauvaife humeur. Pierrot s'en va maudiffant les femmes & fe mocquant de Colombine.

LA RUE.

Ils rentrent tous comme ils étoiens fortis.

Pierrot prend le devant & frappe à la porte (on ouvre,)

Arlequin entre & baifant fa batte, jette des baifers à Colombine.

Pierrot s'en apperçoit, & faifant figne aux Spectateurs , dit qu'il a un expedient sûr pour attraper Arlequin, il entre & reffort dans le moment avec une corde au bout de laquelle il y a un nœud coulant qu'il laiffe dans la maifon ; il fe cache derriere la premiere aîle avec beaucoup de précaution.

Dans ce tems-là, M. de la Boutade étoit à réprimender sa fille, & Sylvio lui reprochoit sa cruauté sans s'appercevoir qu'Arlequin étoit là, ni du tour que Pierrot alloit joüer.

Ils entrent dans la maison, & Arlequin, courant, les suit; mais est arrêté quand il est entré, par le nœud coulant qui l'a pris à la jambe. Pierrot le tire de toute sa force sur le Theâtre.

Arlequin fait des efforts pour s'en délivrer.

Pierrot se met sur son séant & Arlequin en fait de même.

Arlequin se releve & veut s'échaper; Pierrot crie à son secours: & pendant que l'un tire contre l'autre, M. de la Boutade sort, qui de sa cane décharge un si grand coup sur la tête d'Arlequin qu'il le jette à la renverse.

Après qu'Arlequin a tremblé un moment, il reste sans sentiment.

VII. AIR.

Sylvio sort avec Colombine qui se jette toute éplorée sur le corps de son cher Arlequin.

Le Pere l'en arrache,
Et Pierrot s'évente & se glorifie après

ſa belle action, & lorſqu'il croit qu'Arlequin eſt bien mort, il lui ôte la corde du pied.

M. de la Boutade dit à Pierrot de charger le corps mort ſur ſes épaules, il redreſſe tout droit le corps d'Arlequin, M. de la Boutade prend ſa fille pour la faire rentrer.

Et pendant que Sylvio tient les pieds d'Arlequin & Pierrot les mains, le chargeant ſur ſes épaules.

Arlequin ſe donne un élan, & de ſes pieds renverſe Sylvio, en faiſant la culebutte par deſſus la tête de Pierrot, ſes pieds frapant les reins de M. de la Boutade le jette tout de ſon long.

Et tenant Pierrot ſerré le jette ſur Sylvio.

Enſuite prenant Colombine par la main s'enfuit avec elle.

Pierrot & Sylvio ſe relevent tout rouez, & voyant Arlequin & Colombine partis, ils aident à M. de la Boutade à ſe relever, ils ſortent trois à la pourſuite d'Arlequin & Colombine, mais M. de la Boutade envoye Pierrot d'un côté, pendant que lui & Sylvio vont de l'autre.

VIII. AIR.

Bois, Barriere & Haye.

Arlequin & Colombine entrent.

Colombine dit à Arlequin qu'elle voit Pierrot venir de ce côté-là.

Arlequin rêve un peu, ensuite saute par-dessus la Barriere qui se change en maison. Il en sort habillé en vieille, & faisant entrer Colombine il s'asseoit à la porte, comme une vieille fumant une courte pipe & cardant de la laine.

Pierrot survient qui lui demande si elle n'a pas vù Arlequin passer par-là.

Elle répond qu'oüi, qu'il y a effectivement passé avec Colombine, & lui montre la route qu'ils ont pris; Pierrot la remercie & sort.

Arlequin rentre dans la maison & paroît à la fenêtre sans bonnet ni chapeau de paille, avec Colombine. Pierrot revient chagrin d'avoir manqué son coup, & s'approchant non-chalament de la fenêtre.

Colombine lui jette le chapeau sur terre, il le releve, & se retournant il les apperçoit qui badinent. Il se retire avec précaution & revient de même façon, accompagné de M. de la Boutade & de Sylvio.

Dans ce tems là, la Barriere se change en Haye.

Et quand ils se retournent, ne voyant rien de tout ce que Pierrot leur avoit dit;

ils le traitent d'imposteur.

Pierrot leur proteste son innocence, & pendant qu'il assure le Pere de la vérité, l'Amant lui donne un coup de pied au cul ; & quand il se retournent à l'Amant le pere en fait autant.

Enfin il se sauve d'eux , & ils s'en vont bien outrés contre Pierrot qui les suit bien mortifié.

IX. AIR.

Arlequin & Colombine entrent, il lui demande si elle veut aller boire un coup dans un Cabaret qu'il lui montre à la Cantonade,& comme ils sortent, Pierrot survient qui les voit & les suit jusqu'à l'aîle , se levant sur la pointe des pieds pour les mieux voir , & jettant son chapeau à terre , & montant dessus pour les mieux découvrir.

Dans ce tems-là M. de la Boutade arrive , qui lui demandant ce qu'il fait-là , il lui montre du doigt Arlequin & Colombine , le bon homme met ses lunettes pour mieux voir , & quand il les a apperçu , il sort courant de toute sa force , à leur poursuite, disant à Pierrot d'en faire de même, qui le suit.

X. AIR.

Chambre.

Arlequin & Colombine sont décou-

verts dans cette chambre du Cabaret ba-
binant enſemble.

On fait un grand bruit derriere la
Scene.

Colombine en eſt très-épouvantée,
Arlequin la raſſure, il rêve un peu, &
enſuite frapant le fonds, la Scene ſe
change en Boutique de Patiſſier.

Arlequin ſe dépouille & paroît habillé en Patiſſier, il prend Colombine & la
fait paſſer par le fonds, il paroît un ſac de
farine en ſa place.

Cela fait, Arlequin travaille à pétrir ſa
pâte.

M. de la Boutade & Pierrot entrent,
comme ayant enfoncé la porte, mais
reſtent très-ſurpris de ſe trouver dans une
Boutique de Patiſſier.

M. de la Boutade s'approchant du Patiſſier lui demande s'il n'auroit pas vû Arlequin ou Colombine. Arlequin lui répond que non, & dans ce tems-là Pierrot cherche de tous côtez, mais en vain,
& voyant quelques gelées ſur les plan-
ches, tâche de les atteindre, mais il ne
le peut étant trop haut monté, le Pere
ne trouvant pas ce qu'il cherchoit veut
s'en aller, mais Pierrot le retient, & lui
demande de l'argent pour s'acheter quelques friandiſes, le Pere lui en donne &
s'en va.

Pierrot appelle Arlequin , & lui montrant son argent, lui dit qu'il veut acheter quelques gâteaux.

Arlequin prend la pêle du four, & l'ouvrant , en tire une tartelette & un flan , & en donne le choix à Pierrot, qui prend la tartelette & l'avale d'une seule bouchée , ayant premierement donné son argent à Arlequin , qui avec la pêle remet le flan au four & en ferme la porte , ensuite pétrit sa pâte.

Pierrot le voyant ainsi empreffé , dit aux Spectateurs que trouvant cela bon, il pourroit bien en manger une autre , & qu'il pourroit bien le voler du four à l'infçû du Patiffier , qui étant à faire sa pâte ne s'en appercevra pas.

Pour cet effet il s'approche du four & en ouvre la porte, mais avec beaucoup de précaution, regardant à chaque moment du côté d'Arlequin , crainte qu'il ne l'apperçoive ; mais trouvant les gâteaux trop avancez dans le four , il y entre à moitié du corps.

Arlequin dans le moment vient derriere lui , & le prenant par les jambes le jette tout-à-fait dans le four , & en referme bien la porte fur lui.

Enfuite il fait fortir Colombine du fonds où elle étoit cachée , & lui raconte le tour qu'il a joüé à Pierrot.

Et prenant sa pêle, il ouvre la porte du four, & la mettant devant, il la retire avec Pierrot dessus, & l'avance & la recule de la sorte plusieurs fois. Pierrot criant à l'aide & au secours de toute sa force.

Arlequin referme la porte du four & s'en va avec Colombine.

M. de la Boutade qui s'etoit apperçû que Pierrot ne l'avoit pas suivi, revient sur ses pas pour le trouver, mais est très-surpris d'entendre la voix de son valet qui crie après lui sans sçavoir d'où elle part, il s'arrête & écoute à plusieurs reprises, & ensuite s'approchant du four il écoute & découvre par les cris de Pierrot qu'il y est renfermé.

Il en ouvre la porte & Pierrot paroît mangeant du flan & pleurant.

Le Maître l'en tire tête premiere, & l'autre reste sur son séant, mangeant toujours son flan ; & quand son Maître vient pour l'embrasser, & l'aider à se relever en lui demandant la cause de sa prison.

Pierrot qui commence son propos en se lamentant & embrassant son Maître, lui rejette au nez tout le flan qu'il a dans la bouche, ce qui l'oblige de se retirer de lui tout aveugle.

Pierrot se releve & lui demande pardon de sa poliçonnerie, & lui raconte le tour qu'Arlequin lui a joüé, ils sortent tous deux en le maudissant.

XI. AIR.

Ruë.

Arlequin & Colombine traversent le Théâtre en se mocquant du tour qu'ils ont joüé à Pierrot.

Pierrot. M. de la Boutade & Sylvio arrivent, qui les voyant, les poursuivent, & sortent par la même aîle qu'eux sans les attraper.

Un Bois.

Arlequin & Colombine entrent, Arlequin rassure Colombine. Il se change en Negre avec une bande de plume sur ses hanches, il frape la trape & un pied d'estal monte.

Colombine de la Coulisse prend un Cadran solaire qu'elle lui met à la tête, representant ainsi une statuë de Negre qui soutient un cadran.

Colombine se rajuste & tâche de paroître aussi ferme & intrépide qu'elle le peut.

M. de la Boutade, Sylvio & Pierrot viennent sur la Scene en courant.

XII. AIR.

Le Pere s'empare de sa fille, & Pierrot

& Sylvio cherchent de tous côtez
Arlequin, mais en vain, le Pere gronde sa
fille de son entêtement pour Arlequin.
La fille lui demande mille pardons & lui
promet de ne le plus revoir.

Sylvio examine sa montre pour voir si
elle va juste au cadran.

Le Pere emmene sa fille, & Sylvio les
suit, Pierrot s'étoit amusé à examiner
cette statuë, & à béïer aux Corneilles
s'appercevant de leur départ, en s'en
allant Arlequin lui donne un coup de
pied au cul qui pense le jetter tout de son
long.

Pierrot étonné de ce coup imprévû
cherche de tous côtez pour voir d'où il
part; & pour cet effet, faisant le tour de
la statuë qui s'étoit remise dans la même
attitude, il pose sa main sur le cadran.

Arlequin se baisse, & Pierrot se baisse
aussi très-épouvanté.

Arlequin continuë ce manége avec
Pierrot jusqu'à ce qu'il se soit courbé autant qu'il peut.

Puis se releve graduellement & Pierrot en fait autant avec une épouvante
terrible; mais quand Arlequin est tout-à-
fait debout, & qu'il s'est étendu tant
qu'il l'a pû, élevant son bras aussi avec le
cadran, il le met, en le retournant, ru-

dement autour du col de Pierrot , fe changeant en une fraize d'un volume dé- mefurée (le chapeau de Pierrot étant tombé durant fon épouvante) Arlequin lui donnant un foufflet , frape du pied le pied d'eftal qui rentre dans le Théâtre.

Arlequin s'enfuit laiffant Pierrot très ébaubi de fa nouvelle parure.

Cependant il ne perd pas tant la tra- montane qu'il ne dife bien aux fpectateurs qu'il voit bien que c'eft Arlequin qui lui a joüé ce tour , & qu'il en avertira fon Maître , & fe retire pour cet effet très-em- baraffé de fa fraife.

XIII. AIR.

Ruë.

M. de la Boutade arrive avec Sylvio tenant Colombine fous les bras.

Pierrot arrive avec fa grande diable de fraife.

Ils rient tous à gorge déployée en le voyant ainfi fagoté , il leur raconte le tour qu'Arlequin lui a joüé fous la figure de la ftatuë , & les prie de l'en débaraffer , ce qu'ils effayent de faire , M. de la Boutade feignant qu'il faudra lui couper la tête , Pierrot les fupplient de ne point fe fervir de cet expédient , mais d'effayer encore une fois , ils le font , & enfin l'ôte avec difficulté ; Pierrot feignant qu'on lui a écorché la gorge & le nez.

Silvio & Colombine entrent dans la maison & M. de la Boutade les suit avec Pierrot, lui recommandant fort sur toutes choses de tenir la porte bien fermée & de ne point laisser entrer Arlequin.

Pierrot lui promet tout ce qu'il veut & rentre refermant bien la porte après lui.

Un Portefaix arrive ayant un gros panier fort ou hotte sur ses épaules, il frappe à le porte de M. de la Boutade.

Pierrot ouvre la porte, & voyant le Portefaix qui est de ses amis, lui aide à poser à terre son panier.

Pierrot lui demande ce qu'il a dans son panier, le Portefaix lui dit que c'est du vin.

Pierrot lui dit qu'ils pourroient bien en décoeffer une bouteille ensemble. Le Portefaix en tire une, & se mettans tous deux devant le panier, ils boivent alternativement à leurs santés, de la bouteille sans verre.

Arlequin vient sur la Scene, qui les voyant ainsi occupés, leve le couvercle du panier & saute dedans en refermant le couvercle sur lui.

Après que Pierrot & le Portefaix ont décoeffé la bouteille, ils tirent le panier le tenant par les deux ances dans la maison.

CHAMBRE.

XIV. AIR.

Colombine eſt dans la Chambre ; elle eſt
très-ſurpriſe de voir entrer ſon cher Arlequin, qui lui raconte de quelle façon il eſt
entré dans la maiſon.

M. de la Boutade arrive, qui eſt très-
ſurpris de les voir enſemble ; il pourſuit
Arlequin tout au tour de la Chambre.

Arlequin ſaute à travers d'une armoire,
qui ſe ferme ; le Pere le voyant ainſi
ſauvé, appelle Syluio & Pierrot à ſon
ſecours.

Sylvio ouvrant la porte du milieu pour
aller dans la ſeconde Chambre, Il y entrent tous ; la referment après eux & laiſ-
ſent Colombine ſeule ſur le Theatre.

Arlequin rentre & ſaute dans la Chambre par un Tableau qu'il y a au deſſus de
la porte, & frappant le fond, il ſe change
en Priſon.

XV. AIR.

M. de la Boutade, Pierrot & Sylvio pa-
roiſſent à travers les barreaux de la porte.

Arlequin prenant Colombine par la
main dit à M. de la Boutade que s'il ne
veut pas conſentir de lui donner ſa fille
en mariage, qu'il le laiſſera en priſon
& fait ſemblant de vouloir s'en aller avec
Colombine.

M. de la Boutade les appelle & confent
à leur mariage, leur joignant les mains à
travers desbarreaux,

Cela fait, Arlequin de fa Batte frappe
la porte qui s'ouvre & les délire de pri-
fon.

Le Pere réitere fon confentement en
leur joignant les mains & la toile eft aba-
tue.

FIN.

Permis d'imprimer, ce 12 Février,
1740. DEMARVILLE.

De l'Imprimerie de la V. DE LORMEL
ruë du Foin à Sainte Geneviéve.